검신의 바람 2

검신의 바람 2

이웅 지음

서문

『검신의 바람(신풍)』 1권에서는 검신의 검을 찾으러 가는 미야모토와 히무라의 여정을 그렸다. 그리고 정과 사의 갈등, 위대한 하늘의 예언, 동양삼국의 모습들을 그려냈다.

미야모토가 지옥에서 얻은 깨달음은 곧 집필 직후 저자가 얻은 깨달음이었고, 어두운 세상에서 하늘은 한 줄기 빛이라는 것도 알았다.

인간에게 부여된 한정된 시간 속에서 하나의 기록물을 남기는 것은 공도 있고 과도 있다. 인간이란 완전하지 않기에 생각도 변하며 예전에 쓴 글이 자랑스럽기도 하고 부끄럽기도 할 것이다. 그러나 나는 미래를 고려하지 않은 채, 내가 쓴 소설을 완작하여 세상에 남기고자 한다.

읽는 이에게 교훈이 되고, 흥미로우며, 또한 다른 차원을 꿈꾸며, 무엇보다 넓은 하늘을 바라볼 수 있기를 바란다.

하느님, 저 웅이 『검신의 바람(신풍)』 중원편을 봉헌합니다.

2023. 03. 27
이웅 올림

마지막으로 이 책에 등장하는 영웅 그리고 악역들은 실존 인물을 모티브로 재탄생시킨 나만의 인물들이다. 현실 인물과 많은 관련은 없다. 그리고 역사를 배경으로 하되 사실 자체를 그대로 쓰진 않았다. 독자들이 그리고 위대한 하늘께서 나만의 창작을 기쁘게 봐주시기를 바란다.

목차

❖ 서문 • 4

제1장 / 전쟁의 서막

❖ 주몽과 홍타이지 • 11

❖ 산해관의 격돌 • 21

❖ 또 다른 영웅 • 43

❖ 권력의 덫 • 63

❖ 요하네 리치의 저주 • 69

❖ 무신 나타 • 97

❖ 소현세자 • 113

❖ 새로운 제국 • 125

제1장

전쟁의 서막

주몽과 홍타이지

주몽은 무사시와 헤어지고 북방을 향해 갔다. 검본 신서의 예언에서 전쟁이 기다리고 있었고, 주몽은 청의 팔기군의 정점에 있는 홍타이지를 찾아간다.

주몽은 청의 홍타이지를 알현한다.
홍타이지와 독대한 주몽.
홍타이지는 주몽에게 묻는다.

"국상께서는 원하는 바를 이루셨는지요?"

주몽이 대답했다.

"예, 일본에 가서 검본신서의 진품을 보았습니다. 예언된 미래를 보았습니다."

홍타이지는 회심의 미소를 흘렸다.

"그럼 곧 팔기군을 모아 중원정벌을 하도록 하겠소. 고구려가 멸망한 후 풀지 못한 한은 이 홍타이지가 갚겠소이다."

주몽은 깊게 읍을 했다.

"물론이지요."

홍타이지가 말했다.

"아, 중원정벌에 앞서서, 공격해야 할 나라가 하나 있소이다."

주몽이 물었다.

"어떤 나라이신지요?"

홍타이지가 말했다.

"바로 조선이오."

주몽이 말했다.

"제가 조선에 갔다 왔습니다. 북인들의 광해군이 무너지고 인조가 반정을 일으켜 정권을 잡았습니다."

홍타이지가 고개를 끄떡였다.

"그렇소. 내 이미 보고를 받은 바요. 그것 때문에 조선을 치는 것이오. 광해군은 우리에게 호의적이었지만 서인 정권은 우리에게 배타적이니 우리가 중원으로 대군을 몰고 나가면 분명 후방을 노릴 것이오. 그러니 먼저 우환을 제거하고 중원으로 향하는 것이 맞소이다."

주몽이 고개를 끄떡였다.

"맞습니다. 황제의 식견이 옳습니다."

그렇게 청나라의 조선정벌이 시작되었다.

조선 북방에 두 병사가 보초를 서고 있었다. 두 명은 잡담을 하며, 경계를 서고 있었다.
그때 땅을 뒤흔드는 지진 소리가 났다.
한 병사가 물었다.

"이게 무슨 소리지?"

다른 병사는 심각한 표정으로 앞을 향해 보았다.
엄청난 기마군단이 조선의 성으로 내려오고 있었다.
그 병사가 소리쳤다.

"적들이 침입했다. 어서 봉화를 올려라!!!"

그렇게 청군은 조선을 침입했다. 청군은 순식간에 한양으로 향했다.

당시 조선 왕 인조는 어전회의를 연다.
인조가 말했다.

"후금이 쳐들어왔으니, 경들은 어떡하면 좋겠소?"
"강화도로 피난을 가서, 후일을 도모하는 것이 좋사옵니다."

인조도 이에 동의했다. 그리고 한양을 버리고 강화도로 향했다.
그러나 홍타이지는 조선왕이 강화도로 도피할 것을 알고 있었고, 순식간에 군사를 몰아 강화도로 향하는 길목을 차단해 버린다.
인조는 어쩔 수 없이 남한산성 내로 들어간다.
남한산성은 청군에 완전히 포위되어 있었다. 조선의 왕 인조는 의병이 도착하기를 바랐지만, 의병은 요원했다.

관료들은 주전파와 주화파로 나뉘어 싸우고 있었고, 돌파구는 없는 듯했다. 이기론이니, 성리학이니 하지만, 실상 필요할 때는 많은 쓸모가 없는 학문이었던가….

각처에서 의병이 일어났지만, 청군에게 모두 패했다. 절망뿐이었다. 패배란 단어가 아프게 인조의 마음을 후벼팠다.

인조는 광해군을 생각했다.

"실리외교라며, 후금과의 전쟁을 피했던 광해여, 내가 종묘사직이 망하는 것을 보면서 어찌 그대를 볼 면목이 있겠소? 그대가 옳았소이다. 그러나 이것 하나만큼은 잘못되지 않았소이다. 왜란 당시 명이 우리를 도왔고 우리 역시 의를 지킨 것만큼은…."

인조는 비장한 표정이 되었다. 그의 눈빛은 슬픔에 가득 차 있더니 번쩍였다.

인조는 조용히 읊조린다.

"청 태종에게 내가 항복한다. 더 이상 조선의 군대와 백성이 죽어 나가는 것을 볼 수 없다. 조선을 위하여 내가 엎드린다."

그렇게 결단을 내린 인조는 청 태종에게 항복한다. 홍타이지는 엎드린 인조를 보고, 군사를 물릴 것을 약속한다. 인조는 명나라에 사대를 끊고 후금을 섬길 것을 언약했다.
주몽은 인조의 항복을 직접 보았다. 과거 신라가 평양성을 공격해서 함락시켰을 때를 생각하자 일종의 울분이 치밀었다.
주몽은 홍타이지 옆에서 깊은 상념에 잠겼다. 과거 당나라와 신라가 고구려의 평양성을 점령했고 고구려라는 나라를 잃어야 했다.
엎드린 인조를 보니, 과거의 평양성이 생각나서 주몽은 비분강개해졌다.
누굴 위한 전쟁이던가? 싶은 마음에 주몽의 왼 눈에서 눈물 한 방울이 떨어졌다.
주몽은 속으로 말했다.

'선조들이여, 과거 연개소문 이후 치욕을 씻었나이다. 천 년이 지났지만 소자는 한을 풀었나이다. 위대한 고구려의 호국영령들이여, 내세에서 편히 쉬어라. 본 고구려 왕 주몽이 예전의 한을 씻었도다.'

인조가 엎드린 날 하늘도 슬퍼했는지 비가 쏟아졌다.

홍타이지는 후환을 없애자 곧 중원정벌로 나아간다. 중원으로 가는 길목에는 산해관이 기다리고 있었다. 산해관까지 순식간에 돌파한 청군은 산해관 앞에 머문다.
산해관은 사방이 절벽으로 둘러싸인 천연의 요새였다. 청의 팔기군이 중원을 정벌하려면 반드시 넘어야 하는 관이었다.

다음 날 드디어 전쟁의 시작이었다.
주몽은 고구려의 위패 앞에 앉아서 기도를 드린다.

"전능하신 하느님, 이제 전쟁은 시작입니다. 승패는 병가지상사라지만, 이번 전쟁은 반드시 이기겠습니다. 부디 저희 군대의 손을 들어주시옵소서."

그러자 하늘에 한 붉은 별이 반짝이더니 사라졌다. 드디어 격전의 시작이었다.

산해관의 격돌

주몽은 말을 몰고 활을 쥔 채로 선봉으로 산해관으로 돌격해간다.

산해관을 책임지는 장수는 원숭환. 거구의 남자였다.

원숭환은 천부적으로 병법에 뛰어났고 무술에서 중국 내에 당할 자가 없었다. 중국 10억 무사들 중 정점에 선 남자였다.

원숭환은 커다란 대검을 차고 있었다.

전쟁이 시작되자 원숭환은 망루에 올라 전쟁을 지

휘했다.

"대포를 쏘아라!! 적들이 성에 달라붙지 못하게 해라!!"

명군은 청군을 향해 대포를 쏘았다.
순식간에 수십 명의 청군이 산화했다. 공성전은 누가 봐도 청군이 불리했다.
말 위에서 전세를 보던 주몽은 주먹을 꼭 쥔다. 이윽고 말을 달려 앞장서서 산해관 앞으로 뛰어나간다.
명군은 주몽을 보자 포탄 세례를 퍼부었다.
그때였다.
주몽이 말을 달리면서 활을 꺼냈다. 주몽의 활에서 순식간에 수십 발의 활이 격발되었다. 활은 정확히 포탄의 가운데를 꿰뚫었고 주몽을 향해 쏟아붓던 포탄들은 공중에서 산화했다.
주몽은 산해관 앞에 다다라서 주문을 외운다.

"애애고자심 천지기인기."

그러자 주몽이 탄 백마는 마치 용처럼 성벽을 딛고 산해관에 오른다.

장관이었다.

명군들은 주몽이 올라오자 포위했다.

주몽이 활을 손에 잡자 수십 명의 명군의 목에 정확히 화살이 꽂혔다. 주몽은 순식간에 수십 발의 화살을 계속 격발했다. 신궁이라 할만했다.

주몽의 화살이 가는 곳에 어김없이 적의 급소에 꽂힌 화살이 보였다. 화살의 모양에는 고구려의 상징 삼족오가 새겨져 있었다.

홍타이지는 군대의 중심에서 주몽의 신위를 보고 회심의 미소를 지었다.

"이 전쟁은 우리가 이겼다."

곧 홍타이지는 전 팔기군에게 돌격명령을 내린다.

청군은 주몽의 신위를 보자 함성을 지르며 산해관으로 돌격해갔다.

원숭환은 산해관의 가장 높은 망루에서 전쟁을 지휘하고 있었다. 포탄 공세가 성공하는 듯싶더니, 한 하얀 무사가 나타나 성벽을 뛰어오르는 것을 보았다. 또한 자신의 부하들은 누구도 그 무사를 당해내지 못하는 것도 보았다.

원숭환은 허리춤의 대검을 꺼냈다. 그리고 야수와 같이 포효했다. 산해관 전체가 마치 지진이 난 듯 흔들렸다.

원숭환은 대검을 뽑더니 주몽을 향해 뛰어내렸다. 주몽은 신위를 펼쳐서 계속 전투를 하다가, 누군가가 자신에게 나타나는 것을 보았다. 산해관의 총사령관 원숭환이란 것을 직감한 주몽은 원숭환을 향해 활을 쏘았다.

'피싯' 하는 소리와 함께 주몽의 신궁이 시전되었다. 그러나 주몽의 눈은 크게 떠졌다.

원숭환이 대검으로 자신이 격발한 12개의 화살을 모두 쳐낸 것이었다.

멀리서 보이는 듯하더니 원숭환은 순식간에 주몽 앞으로 다가왔다. 그리고 대검을 뽑아 소리쳤다.

"천하지망세(天下地網勢)!"

엄청난 강풍이 불며 원숭환의 대검이 주몽의 머리 쪽으로 떨어졌다. 주몽은 급히 검을 뽑아 원숭환의 대검을 쳐냈다.

'콰콰쾅' 소리와 함께 주몽은 넋을 잃는 듯했다. 검으로 간신히 원숭환의 대검을 쳐냈지만, 자신의 보검 또한 부러진 후였다.

울컥 하며 주몽은 피를 토했다.

원숭환은 괴물처럼 주몽에게 다가왔다.

그때였다. 12명의 무사들이 원숭환 앞을 막았다. 이들은 주몽의 심복이자 12명의 태대로들이었다.

원숭환은 주몽의 목을 베려 했지만, 이 12명의 무사에게 계속 가로막혔다. 12명의 무사는 주몽을 보호하며 한편으로는 전투하며 산해관을 빠져나갔다.

원숭환은 주몽이 빠져나가자 대검을 들어 팔기군을 보았다.

원숭환이 돌진하는 곳에 어김없이 청군의 목이 떨어졌다. 산해관에 올라온 청군 중 한 명도 살아 돌아갈 수 없었다. 괴물 같은 검술에 모두 넋을 놓았다.

마침 장대비가 떨어졌다.

홍타이지는 입술을 지그시 깨물고 말했다.

"전군 퇴각!"

그렇게 산해관의 첫 전투는 저물어갔다.

홍타이지는 부상당한 주몽을 찾는다. 주몽은 병석에서 청의 황제 홍타이지를 맞는다.

홍타이지가 말했다.

"국상께서는 괜찮으신지요."

주몽이 웃으며 말했다.

"괜찮습니다."

홍타이지가 수심이 가득한 얼굴로 말했다.

"오늘 원숭환의 괴력을 보니, 이기기가 어려워 보여 과인은 수심이 가득하다오."

주몽이 빙그레 웃으며 말했다.

"괴물이 있으면 그보다 더한 괴물을 부르면 되는 법이옵니다. 황제께서는 마음을 놓으시지요."

홍타이지가 반색하는 얼굴로 말했다.

"국상께서는 계책이 있소?"

그러자 주몽이 말했다.

"일전에 일본에 갔을 때 한 무사와 친분이 있사옵니다. 그의 이름은 미야모토 무사시. 그 무사는 원숭환을 벨 수 있사옵니다."

홍타이지가 화색이 돌며 말했다.

"그럼 국상께서는 어서 그 무사를 부르도록 하시오. 모든 지원을 아끼지 않겠소."

"명을 받들겠습니다."

한편 신궁에서 미야모토는 검도를 묵상하고 있었다. 히무라는 가볍게 목검을 흔들며 수련을 하고 있었다.

무릉도원이 있다면 검신의 섬일 것이었다. 푸른 하늘에 오색찬란한 구름이 반짝였고 신선한 바람이 불어왔다.

"까악까악" 그때 한 거대한 까마귀가 신사 상공을 배회했다.

미야모토는 눈을 떠서 하늘을 바라보았다.

"까악까악" 계속 신사를 맴돌던 까마귀는 한 편지를 떨어트린다.

히무라는 급히 달려 편지를 주웠다. 그리고 펼쳐보았다.

주몽의 친필로 쓴 편지가 있었다.

미야모토 그리고 검신의 무녀 히무라는 글을 읽는다.

「미야모토 무사시에게.

저는 검본신서를 얻고 대륙으로 향했습니다.

대륙에서 중원을 정벌하던 도중 산해관에서 괴물 같은 장수를 만났습니다. 소인이 힘이 미치지 못하여 친우 미야모토 무사시에게 도움을 청합니다.

검신의 검으로 그리고 미야모토의 검술로 산해관을 넘는 데 도움이 되어 주시기를 바랍니다. 부디 일전의 형제같이 동고동락했던 일을 잊지 말아 주시고, 검신의 검을 가져와서 적군의 목을 베어 주시기를 바랍니다.

미야모토께서 말씀하셨기를 '목숨은 끊을 수 있으나 의(義)는 끊을 수 없다'고 하셨으니, 친우는 전장에서 기다리겠나이다.

-친우 주몽-」

미야모토가 말했다.

"주몽을 도우러 북방에 가야겠소. 무녀 그대는 신사에 있으면서 하늘께 예배를 계속 드리시오."

"알겠사옵니다."
"히무라 자네는 어떻게 할 텐가?"

히무라가 말했다.

"검을 안 쓴 지 하도 오래되어 녹이 슬었지. 당연히 자네와 동행해야겠어. 얼마나 많은 영웅이 있을지 모르겠지만."

미야모토는 빙그레 웃었다.
미야모토와 히무라는 그 길로 중원으로 향한다. 수십억의 생명이 있는 격전지로!

미야모토는 일본의 쇼군에게 찾아가 검신의 검을 다시 찾는다. 쇼군은 흔쾌히 허락했다.
지옥으로 향했던 검신의 검이 다시 미야모토에게 돌아온 것이다.

미야모토와 히무라가 조선에 도착하자, 몇 명의 사

람이 기다렸다는 듯 맞았다.

"미야모토 선생님, 히무라 선생님. 황제의 명으로 기다리고 있었습니다. 어서 가시지요."

그들은 빠른 말을 타고 산해관으로 향했다. 일주일도 되지 않아 청 군영에 미야모토는 도착한다.
주몽의 부상은 완쾌된 후였고 미야모토와 히무라는 황제를 알현(謁見)한다.
홍타이지는 용상에서 말했다.

"내 국상에게 듣기로, 그대는 천하제일의 무사라고 들었다. 지금 우리 군대는 원숭환에게 패해 산해관 앞에 묶여있다. 그대가 원숭환을 벤다면, 모든 천하의 부귀영화를 나와 나누게 하겠다."

미야모토가 묵념하며 말했다.

"무사는 부귀영화에는 많은 관심 없습니다. 義를

위해 이곳에 왔고 황제의 명령대로 원숭환을 베어 드리겠습니다. 부디 중원을 정벌하시면 선정을 베풀어 많은 사람들이 웃는 세상을 만들어 주시옵소서. 선(善)과 정(正)이 있고 사람 사이에 예(禮)가 있고 애(愛)가 있는 세상을 만들어 주시옵소서."

홍타이지는 감격했다.

"그대가 부귀영화에 관심이 없다니 본 황제도 존경스러운 마음이 드는구려. 앞으로 필요한 것이 있으면, 무엇이든 이야기하시오."

미야모토와 히무라는 읍을 하고 물러났다.

곧 홍타이지는 전군에게 돌격명령을 내린다. 일전의 패배는 잊고 청군은 다시 도열했다.
원숭환은 저번처럼 높은 망루에서 전장을 지휘하고 있었다. 미야모토는 수십만의 청군 앞에 섰다.
그리고 검신의 검을 뽑았다.

미야모토는 기도했다.

"하느님, 이 검으로 많은 살상을 하려 합니다. 소인의 친우 주몽은 저의 목숨을 살려 주었고, 제 목숨은 주몽이 준 것이나 마찬가지이옵니다. 친우가 민족의 뜻으로 새로운 국가를 세우려고 하기에, 미천한 소인은 친우의 뜻에 가담했나이다. 적장이 강하오나 저에게 용기를 주소서. 병법에 있어서 저희 쌍방이 드리는 예배를 받아주시옵소서. 하늘께서 공평무사하시기에, 저의 편도 적의 편도 아니시라고 믿사옵니다. 무인의 혼을 예배로 드리오니 받아주시고 흠향하소서."

미야모토는 검신의 검을 뽑았다. 순식간에 대기가 바뀌었다. 미야모토는 주문을 외웠다.

"견고한 대지여,
순수한 물이여,
성스러운 화염이여,
그리고 자유로운 바람이여,

무한한 하늘이여!!"

그러자 산해관 주변에 먹구름이 몰아쳤고 장대비가 내렸다. 미야모토는 신형을 뛰어 순식간에 산해관 위로 올라간다.
미야모토가 소리쳤다.

"불필요한 살생은 막고자 한다. 원숭환은 내 앞으로 나오너라. 우리 둘의 검이 전쟁의 승패를 결정하고자 한다. 일 대 일의 대결이다!!"

그러자 명군은 웅성웅성대었다. 그중에 한 간악한 명군이 소리치며 미야모토는 덮쳤다.
싸~악 소리와 함께 미야모토를 덮친 명군은 다섯 동강이 났다.
원숭환은 망루에서 미야모토를 보았다. 그리고 빙긋 웃더니 대검을 뽑았다.
원숭환이 말했다.

"모두 물러서라. 내가 이 무사를 베겠다!"

그러자 명군은 뒤로 물러서 빙 둘러쌌다. 산해관 밑에서도 청군이 구경했다.

원숭환은 괴물처럼 고함을 지르며 미야모토를 덮쳤다. 미야모토는 검신의 검으로 원숭환의 대검과 격돌했다. 마치 용과 호랑이가 격돌하듯, 2개의 태풍이 몰아치는 원숭환과 미야모토는 수십 합을 주고받았다.

양측의 실력은 호각이었다.

원숭환은 온몸의 진기를 끌어모아 미야모토를 베려했다. 하지만 미야모토의 검은 눈이라도 달린 듯 원숭환의 강력한 대검술을 모두 피해냈다. 힘으로는 원숭환이 앞섰으나 검의 기교는 신의 경지에 이른 미야모토가 위였다.

원숭환은 마음이 조급해졌다.

"우어어어!"

원숭환은 하늘을 향해 포효했다. 먹구름 속에서 번

개가 번쩍였다.

　원숭환은 갑옷마저 벗어 던지고 바지만 걸친 채로 대검술을 사용했다. 그러나 아무리 휘둘러도 미야모토에게 닿지 않았다. 원숭환은 거대한 바다를 향해 혼자서 검을 휘두르는 듯한 착각에 빠져들었다.

　인간의 힘은 무한하지 않기에 원숭환은 힘이 빠졌다. 원숭환이 조금 물러서자 차가운 한 바람이 원숭환 앞에 다가왔다.

　신풍이었다.

　원숭환은 미친듯이 대검을 휘둘렀지만 신풍은 조금씩 조여왔다. 한 서늘한 바람이 원숭환의 목에 닿았다.

　그리고 원숭환은 기분이 매우 좋아졌다. 시원한 바람이 자신을 감싼 것 같았다.

　그도 잠시였다.

"피?"

　원숭환은 자신의 몸에서 뚝뚝 떨어지는 피를 느꼈

다. 느낀 순간 원숭환은 죽어 있었다.

온몸의 혈관이 터지며 원숭환은 죽음으로 돌진했다.

"아, 안돼… 하느님…. 제가 죽으면 산해관은 끝이나이다. 하느님, 제가 죽으면 산해관은 끝이나이다."

원숭환의 거구는 천천히 뒤로 쓰러졌다. 현세의 집념이 어두움이 되어 원숭환의 영혼을 꽉 잡고 있었다. 원숭환은 죽어가며 한 빛을 보았다. 매우 부드럽고 따뜻한 빛.

"관… 관세음보살…?"

원숭환은 언어능력이 사라져갔다. 그의 입에는 희미한 미소가 번졌다. 그렇게 명나라의 대들보는 쓰러졌다.

산해관 막사,
홍타이지와 청의 무장들이 도열해 있었다. 주몽과

미야모토 히무라도 같이 있었다.

홍타이지가 말했다.

"드디어 우리가 산해관을 넘고, 북경으로 가는 길이 열렸다. 명나라의 상황은 어떻게 되는가?"

그러자 한 청장이 말했다.

"명나라에 반란이 일어나 무수히 많은 농민들이 이 사람을 따르고 있습니다. 성은 이고 이름은 자성입니다."

홍타이지는 곰곰히 생각했다.

"이름이 스스로 성공하는 자라…. 재미있는 이름이군."

그때 주몽이 말했다.

"전통적으로 중국은 이이제이 정책으로 이민족들을 다스렸습니다. 즉 이민족끼리 전쟁을 하게 하여 중원의 안정을 도모하는 방법이지요. 이번 전쟁에서 황제께서 역이이제이를 쓰십시오. 명나라 황군과 반군이 전쟁하게 내버려 두고, 이긴 편이 생기면 그때 대군을 움직여 중원을 도모하는 것이 옳다고 사료됩니다."

홍타이지가 매우 흡족히 말했다.

"내 뜻이 그와 같소."

주몽은 황제 앞에서 물러난 후 조용히 독방에 들어갔다. 과거 고구려의 잊혀진 장군들 왕들의 이름이 새겨있는 위패 앞에 섰다.
주몽은 위패 앞에 선 채로 기도한다.

"높으신 하느님, 제가 나라를 건국하였으나, 중국에서 우리나라를 짓밟고 우리나라는 이름만 남았습니다. 불초가 그 한을 다하지 못하여 다시 인간계에 환생해서 홍타이지를 돕고 있나이다. 하늘이시여, 이 고 주몽이 만든 나라를 천시하지 마시옵시고, 백의민족으로 깨끗하게 살아가게 하소서. 또한 우리를 정벌한 원수 중화를 우리가 이김으로써 예전 연개소문 때의 한을 씻게 해주소서. 이 한목숨 부지하고자 망령되이 비는 것이 아니라 대의를 위하여 비오니 하늘께서 들어주소서."

마침 하늘에서 수천 개의 벼락이 떨어졌다. 폭풍우가 후금의 군대를 덮었다.
주몽은 눈물을 흘렸다.

"아 천 년이 지났어도 잊혀지지 않는구나….
하늘이시여,
이번 전쟁에 꼭 저희 손을 들어주소서.
치우가 패하고 고조선이 함락당했으며,
고구려라는 나라는 지워졌나이다.
지금 몇 안 되는 말갈의 후예가 남아 선대의 악몽을 바꾸려 하오니,
높으신 하늘에서 굽어살피소서."

또 다른 영웅

한편 중국에서는 또 다른 영웅이 탄생했다.

그의 이름은 이자성.

명나라 정부의 과도한 처세에 몰락한 이자성은 군인으로 변방을 떠돌 뿐이었다. 이자성은 일신에 무예는 있었으나 혼자인 몸이었다.

이자성은 매일 산에서 기도를 드린다.

"하늘이시여
불의가 정권을 잡고
민중을 멸시하며,
그들의 권력을 대물림하고,

힘든 민초들이 고통받고 있나이다.

땅을 얻기 위해서는 평생을 일해야 하나,
그도 여의치 않습니다.

저 이자성은 썩은 세상을 바꾸기 위해서는
혁명밖에 없다고 생각했습니다.

그러나 하늘이시여
소인은 일개 필부이오니,
가슴속 깊은 뜻이 있으나
실천하기 어렵사옵니다.

하늘의 하느님.

또한 인간계의 갖은 고초로 믿음을
잃고 파문당한 사람처럼 홀로 하늘만 찾습니다.

부디 저 이자성을 어여삐 여기시고,

정의를 실현할 힘을 주소서.

위로는 종묘사직을 재건하고
아래로는 화평한 나라를 만드는 것이 저의 이상이나이다."

그렇게 이자성은 매일 밤 산에서 기도했다.

기도를 시작한 지 1000일째 되는 날이었다.
이자성은 한 노인이 나무 위에서 자신을 보고 있다는 것을 알았다.
이자성은 검에 손을 대고 물었다.

"누구냐?"

그러자 그 노인이 대답했다.

"허허 성미가 급한 모양이로군."

그 노인은 나무에서 내려와 이자성 가까이 나타났다.
노인이 물었다.

"너는 정의가 뭐라고 생각하느냐?"

이자성이 대답했다.

"한 마디로 대답할 수 없사오나 인간계의 부조리를 시정하고픈 저의 정신이 있고 이 정신을 저는 정의라고 부릅니다. 관가는 하늘을 대신하여 억울한 민중들을 풀어주어야 하나, 그들의 권력 놀음이 첫째요, 민중의 하소연은 둘째이니, 세상이 부정의가 있다 하옵니다.

저 역시도 많은 수탈과 몰락을 경험했고, 자포자기에 자살까지 생각한 몸이외다. 그러나 하늘이 계시고 신들이 계시며, 내 마음에 아직 대의가 죽지 않았다면 희망은 있다고 생각합니다. 지금 저는 뜻은 있으나 힘이 없으니 하늘께 기도하고 있었습니다. 노인장은 누구신지요?"

 노인이 주문을 외우자 음산한 기운이 덮고 산이 진동했다.
 노인이 말했다.

"나는 북두의 별 거문성군이라네. 도가에서 나를 숭배했지. 전설의 황제도 나를 알았어.
 그렇지만 나는 어느덧 속세를 끊었어. 아름다운 무릉도원에서 학과 함께 노니는 것이 더욱 청명했거든. 이 세상의 진 세속에서 때 묻지 않기를 맹세했건만 기도하고 있는 한 젊은 남자를 보았지. 바로 자네를······.
 자네의 삶과 마음을 본 후로 나 역시 깊이 공감했어. 그리고 천문을 바라보니 이전 왕조가 없어지고 새로운 왕조가 들어설 것이더군. 그 주체가 자네라면, 적어도 자네가 조연이라면 나 역시 자네를 만나고 싶었지."

 이자성은 희미한 미소를 지었다. 비록 '하늘'은 응답

하지 않았지만, 도가의 신이 자신을 찾아온 것이었다.

이자성은 정의를 원하는 영혼이었다. 그렇지만 그에게는 하나의 야망의 씨앗 또한 잠자고 있었다.

이자성의 1000일 기도는 그렇게 끝나는 것일까?

하늘을 찾았지만 다른 신이 오자 이자성은 다른 신을 선택해 버린다.

이자성이 거문성군 앞에 엎드린 채 말했다.

"부디 저에게 도술을 가르쳐 주십시오. 망해가는 나라에서 백성을 위해 그리고 저를 위해 쓰고 싶나이다."

노인이 말했다.

"내 너를 선택했으니, 마음을 놓아라. 일신의 도술을 모두 전해주겠다. 내 천기를 보니, 너는 성공할 것이다. 그러나 그 성공은 짧을 것이다."

이자성은 그날부터 거문성군에게 도술을 배웠다.

1000년 넘게 이어진 도가의 비술은 신비했다. 자연의 조화를 부리는 것은 물론 혼령 또한 마음대로 부릴 수 있었다. 이 도술을 익히면 사람들이 꿈꾸는 불로장생은 물론 도원경으로 나아갈 수 있었다.

그렇게 이자성은 도술을 익히며 시간은 흘러간다. 거문성군은 이자성에게 모든 도술을 전해주었다.
거문성군은 이자성을 불러서 몇 마디 한다.

"자성아, 아가야, 내 모든 도술을 너에게 전해주었단다. 그동안 세상에 살면서 얼마나 억울하고 힘들었을지…. 부디 네가 원하는 나라를 만드는 데 도전해보거라. 그러나 내가 도가의 어른으로서 두 가지 충고할 게 있단다.
첫 번째, 손속을 잔인하게 두지 마라. 잔인하고 포악한 자는 하늘도 버린단다. 자성아 이 말을 꼭 명심해라.
두 번째, 색(色)을 경계해라. 여인이란 아름다워서 남자의 마음을 사로잡지만 실제로는 여인으로 인해

화(火)가 미칠 수 있단다. 자성아 권력을 잡더라도 꼭 순수하고 아름다운 사랑만을 하거라. 이게 내가 마지막으로 네게 전하는 가르침이다."

이자성은 고개를 끄떡였다. 거문성군은 그런 이자성을 보고 시 한 수를 읊었다.

"하늘이 영웅을 내시고,
영웅은 하늘 높은 줄 모르고 활약하네.
하늘 위에 하늘이 있고,
땅 또한 그 깊음을 모르누나.
작은 이익에 넘어지는 것도 영웅이라면 영웅이겠지.

정의여, 위대한 정신이여, 누구도 그대를 바로 볼 수 없으리.
육신에 갇힌 아픈 영혼을 위하여 축배를."

이자성은 거문성군이 하는 말이 제대로 들어오지 않았다.

이자성은 세상 쪽에 마음이 급할 대로 돌아갔다.

도망치다시피 거문성군과 하직한 이자성은 세상에 나와 명왕조를 반대하는 반란군에 들어간다.
당시 명나라는 기울고 있었고 관부의 힘이 모두에게 미치지 못했다. 이자성에게도 기회가 온 것이다.

이자성은 반군에서 작은 보좔로 머물렀다. 그리고 자신을 드러내지 않고 전투에 참가했다.

어느 날 명군과의 전투로 이자성의 군대는 두목을 잃어버린다. 병사들은 모두 수군대고 있었다.

"명군이 두목 없는 우리를 공격하면 끝장날 거야. 이제 우리는 어떡하면 좋지?"
"항복을 해야 하나…. 아니면 투항이라도 해야 하나…."

한 병사가 덜덜 떨며 말했다.

"투항한다고 해도, 반란군이었다면 우리 모두 구족을 멸할 거야. 끝까지 싸우는 수밖에 없어…."

반란군은 그날 저녁 새로운 두목을 뽑으려 했다. 그렇지만 서로 하겠다며 다투고 이렇다 할 결론이 나지 않았다.
그때 한 남자가 소리쳤다.

"이대로 우리끼리 우왕좌왕하면, 모두 죽은 목숨이오. 고양이가 죽고 쥐들이 서로 왕 노릇 하겠다니, 대인은 없고 소인들만 넘실대는구려."

그러자 한 높은 반란군의 부장이 그 남자에게 소리쳤다.

"네놈이 무슨 재주가 있길래, 그런 심오한 말을 하는가? 당장 내 앞에 나와라. 네놈이 내 검을 받아낸다면 그 혓바닥을 용서해 주지."

아까 말한 남자는 이자성이었다.
이자성은 빙그레 웃으며 나갔다.
반란군 부장이 소리쳤다.

"무기를 뽑으라!! 잡졸 주제에 나서다니 죽을지 모르는군."

이자성이 웃으며 말했다.

"나는 맨손으로 당신을 상대하기 충분하오."

그러자 부장은 크게 노하며 칼을 들고 이자성을 쪼개러 달려들었다.
이자성은 속으로 주문을 외웠다.

"북두제이 거문성군."

그러자 이자성에게 달려오던 그 부장 앞에 끔찍한 귀신이 보였다.

부장은 크게 놀라며 칼을 떨어트렸다. 그리고 속으로 말했다.

"이놈이 환술을 쓰는구나. 만만히 보면 안 되겠네. 사람들이 다 보고 있는데 무슨 창피인가. 어서 검을 잡고 저놈을 베면 되는 것이다."

부장은 다시 검을 주웠다. 그런데 잡고 보니 파뿌리가 달린 파가 아닌가?
병사들은 모두 낄낄거리며 웃었다.
부장은 얼굴이 벌게졌다.
부장은 맨몸으로 이자성에게 달려들었다. 이자성은 손바닥을 들었다.
그러자 부장은 온몸이 말을 안 듣고 꿈쩍도 할 수 없었다.
부장이 애원하듯 말했다.

"아이고, 대인, 내가 대인을 몰라봤소이다. 부디 이 신술을 풀어주시오."

이자성은 빙그레 웃고 손을 내려놨다. 그러자 부장은 하아 하며 풀려났다.

사람들은 이자성의 도술을 보자 눈이 휘둥그레 해졌다.

부장으로 있던 한 노인이 이자성에게 다가와 말했다.

"그대는 뉘신지요? 어찌 이런 신력을 얻었소이까?"

이자성이 말했다.

"소인은 성은 이, 이름은 자성이라고 하오. 내 능력의 비밀은 말해줄 수 없소이다."

그러자 늙은 부장이 말했다.

"마침 우리 대장이 전사하여, 우리 군대에 우두머리가 없소이다. 이자성의 신위를 보니 우리 군대를 이끌고 명나라를 멸할 기량이 있어 보입니다. 나 마충은 이자성에게 충성을 맹세하겠소. 이자성이야말로 우리 군대를 이끌 재목이오!"

그러자 다른 병사들도 앞다투어 이자성에게 충성을 맹세했다.
이자성의 입가에는 희미한 미소가 번졌다.

이자성의 군대는 북경을 향해 나아갔고 가는 곳마다 이겼다.
이민위천(以民爲天).
민중 보기를 하늘과 같이 하라는 깃발을 앞세웠고 명군은 거의 모조리 이자성에게 투항했다.
이자성은 승승장구하며 북경으로 진격했다. 가는 길마다 관가에서의 쌀을 민중들에게 나누어주니, 칭송이 자자했다.
이자성은 세력이 불어나 농민군 100만 명을 헤아렸다.
그대로 북경에 짓쳐드니, 막을 자가 없었다.

이자성은 천천히 군막 사이를 걸었다. 그는 맹자의

구절 하나를 읊었다.

"역성혁명론. 군주가 군주답지 못하여 도와 의를 잃으면 군주는 더 이상 군주가 아니다."

이자성은 독백했다.

"조정이 환관을 내어 민중을 수탈하고, 수많은 농민이 몰락했다. 이번 전쟁에서 승리하면 비로소 나는 황제가 된다. 부수기는 쉽지만, 새로 건국하는 것은 어려울 테지…. 나는 과연 잘할 수 있을까…."

상념도 잠시 이자성은 회한을 지워버렸다.

"이기자. 그래 승리가 전부일 뿐이다. 명나라로 짓쳐들어 명을 몰락시키면 되는 일이다. 내 일신의 도술로 충분히 이룰 수 있는 일이다."

이자성은 껄껄거리며 웃었다.

다음 날 이자성은 명나라와의 대전투를 앞두고 연설을 시작한다.

이자성은 군대의 단상에 올라서 소리친다.

"그동안 많이 참았다.

우리 약자들을 수탈하는 관부 하에서 신분이 낮다고 관리들에게 멸시받으며, 우리의 의견조차 말하지 못하는 슬픈 세태 속에서 오래 참았다.

세상에는 도가 있다.

임금은 임금다워야 하고 신하는 신하다워야 한다. 그러나 임금이 임금답지 못하니 우리는 혁명을 통해 새로운 시대를 열려는 것이다.

나의 병사들이여, 아니 새로운 시대의 주역들이여.
이제 과거의 산물이 우리의 눈앞을 막고 있다.

이번 전쟁에서 그대는 살 수도 죽을 수도 있다.

그렇지만 그대들이 보여주었던 불타는 혼들은 누구도 끌 수 없을 것이다.

행복하고 싶기에,
수탈당하고 싶지 않기에,
자유롭고 싶기에,

그리고 혹은 꿈을 꿔보고 싶기에 그대들은 농장기를 버리고 병장기를 들었다.

자, 이제 너희들의 혼을 보여주어라.

새로운 시대의 주역 나 이자성은 그대들과 함께 하노라.

우리의 투혼을, 그리고 우리가 그리는 미래를 적들에게 보여주도록 한다."

하늘에 햇빛이 번쩍였다. 햇빛은 농민들의 병장기에

반사되었다. 모두 많은 고생으로 늙고 추레한 행색이었다. 그러나 농민군의 눈들은 모두 빛나고 있었다.

명나라 금군은 농민군과 정면으로 대결했다.
삼군이 늘어선 가운데, 힘 대 힘으로 결판나는 결전이었다. 마치 상나라와 주나라의 목야의 결전을 보는듯했다.
이자성은 앞에 나와서 주문을 외웠다.

"거문성군 천절하폭뇌."

그러자 먹구름이 몰려오고 수천만의 귀신들이 나타났다. 어둡고 음산한 영혼들은 이자성의 명령을 듣고 명군에게 달라붙었다.
명군은 음산한 기운에 몸을 바들바들 떨었고, 죽음보다 더한 공포 속에 정신마저 놓았다. 전쟁은 사실상 끝나있었다.
이자성이 검을 뽑고 포효하자 농민군은 파도처럼 명나라군에게 달려든다.

그렇게 피의 살육은 시작되었다.

하늘이 슬퍼하는 것일까? 먹구름 속에 몇 줄기 빗방울이 대지를 적셨다.

권력의 덫

 이자성은 그날 자금성에 들어섰다. 용이 새겨진 옷을 입고 황제의 상을 바라보았다. 이자성은 흐느꼈다. 그리고 입술을 악물며 읊조렸다.

 "내가, 이 내가, 여기까지 왔다. 개보다 못한 취급을 받던 내가 말이다…."

 이자성은 정색한 얼굴로 문무관원들을 불러들인다.
 새로운 황제 앞에서 모두 많은 기대를 했다. 이민위천(백성 섬기는 것을 하늘 보듯 하라)이라는 성어를 앞세운 군대였기에, 새로운 시대에 대한 열망은 모두 불타고 있었다.

그러나 이자성의 입에서는 뜬금없는 소리가 흘러나왔다.

"명나라 황실 자제 놈들을 한 놈도 살려두지 마라."

이자성의 표정에는 증오의 빛이 서려 있었다.

과거 학대당했던 시절, 힘없던 시절의 이자성이 아직 남아있던 것일까?

황제란 공권(公權)이기에 사(私)와 구별되어야 하거늘, 이자성은 자신 내면의 아픔을 명나라 황실에 돌렸다.

수많은 명나라 관리들이 처형되었고 공포의 날이 계속되었다. 민중들을 어루만지고, 명나라의 종묘사직을 존중해주면 어땠을까? 그편이 더 아름답지 않았을까 하고 필자는 생각해본다.

초패왕 항우 역시도 진나라를 멸하고 도굴하고 수탈했는데, 이런 행위는 도(道)를 잃는 행위라고 필자는 생각한다.

또한 이자성은 여색을 밝혔다. 매일매일 새로운 미녀들을 안았다.

황제가 된 이자성은 안하무인이었고 누구도 뵈는 자가 없이 마음대로 자신의 욕망을 충족시켰다.

도를 잃은 황제는 황제라 불릴 수 없는 것을….

이자성의 신하 중에 이절제라는 대신이 있었다. 반란군에 가담해서 이자성을 보필해오던 신하였다.

이절제는 이자성에게 상소를 올린다.

이자성은 이절제를 만난다.
이절제가 말했다.

"황제여, 산해관에 청나라 대군이 밀집해 있나이다. 아직 천하가 안정되지도 않으셨는데, 어찌 살육을 많이 하시며, 여색과 즐기시나이까?"

그러자 이자성이 대노하며 말했다.

"그대는 누군데 내 삶을 고치려는가?"

이절제는 쫓겨나며 말했다.

"아아, 소인이 나라를 잡자, 명나라보다 더한 일이 일어났구나.
 하늘이시여 하늘이시여,
 사농공상의 씨는 따로 있나이다."

이절제는 한탄하며 한 번 더 되뇌었다.

"하늘이시여, 하늘이시여,
 사농공상의 씨는 따로 있나이다."

요하네 리치의 저주

한편 이자성은 청나라 군대가 산해관에 집결해 있다는 사실을 알자 소름이 돋고 몸이 불편하고 좌불안석이었다.

내심 계속 고뇌하고 전략을 짜던 이자성에게 한 서양인 남자가 찾아온다. 그 남자의 이름은 요하네 리치였다.

"황제여, 오랑캐 때문에 좌불안석이신지요? 제게 비법이 있나이다."

이자성이 말했다.

"어떤 비법인가?"

요하네 리치가 말했다.

"쥐도 새도 모르게, 홍타이지를 저세상으로 가게 할 수 있습니다. 다만, 헤헤헤."

이자성이 말했다.

"다만 뭐라는 것이냐? 본 황제 앞에서 말을 똑바로 하여라!"

요하네 리치가 말했다.

"헤헤헤. 다만 거금이 필요합니다. 그냥 할 수는 없지 말입니다."

이자성이 말했다.

"그 방법은 확실한가? 확실히 홍타이지를 암살할 수 있는가?"

요하네 리치가 말했다.

"헤헤 그렇습니다."

이자성은 고개를 끄떡였다.

"여봐라. 이 자의 청을 듣고 이자가 원하는 재물을 주어라."

요하네 리치가 말했다.

"할렐루야. 감사하옵니다."

천금을 받은 요하네 리치는 그 길로 산해관으로 향했다.
홍타이지를 없앨 흉악한 마음을 먹은 채로.

홍타이지는 산해관에서 북경이 이자성의 손에 떨어졌다는 소식을 들었다.

홍타이지는 각료회의를 연다.

주몽이 말했다.

"지금 농민군이 북경을 점령한 지 얼마 되지 않아, 안정되지 않았을 겁니다. 황제여, 지금 공격하여 북경을 점령하고 농민군을 그들의 생업으로 돌아가게 하십시오. 그러면 천하가 안정되고 새로운 세상을 펼 수 있습니다."

홍타이지도 생각했다.

"반란군이 아직 중원 전체에 영향력을 끼치지 못한 지금이 곧 천시이다. 내 곧 그렇게 하겠소."

그런데 그런 홍타이지에게 외국인 한 명이 찾아온다.

막대한 거금을 가지고 있는 그는 홍타이지 주변을

매수하여 황제를 알현한다.

홍타이지는 외국인 요하네 리치를 만난다.

요하네 리치는 성서를 손에 쥔 채로, 황제 앞에 선다. 그리고 속으로 저주했다.

'만군의 야훼 야훼닛시여 홍타이지를 죽여 주소서. 그래서 소인이 이자성에게 많은 것을 받고 부자가 되게 하소서.'

요하네 리치의 얼굴은 흡사 악마와 같았다.
홍타이지가 요하네 리치에게 물었다.

"왜 본 황제를 보자 했는가?"

요하네 리치가 말했다.

"야훼의 독생자 예수를 전하기 위해 왔습니다."

홍타이지가 말했다.

"예수는 누구인가?"

요하네 리치는 맹한 얼굴로 암송하듯이 말했다.

"그는 야훼의 독생자로 모든 죄를 지고 십자가에 못 박혔습니다. 그리고 3일 만에 부활해서 모든 권세를 얻었습니다."

홍타이지가 매섭게 물었다.

"어찌 죽은 이가 다시 살아날 수 있는가?

요하네 리치가 말했다.

"헤헤, 인간으로서는 불가능하되, 야훼께서는 모두 가능하십니다. 황제님 야훼 신을 믿으십시오."

홍타이지는 얼굴빛이 바뀌어서 말했다.

"여봐라 이 외국인을 쫓아내라."

요하네 리치는 물러났다.

그날 저녁, 요하네 리치는 한 구슬 안에서 영혼들을 보고 있었다. 그리스도교인들에게 배운 비술이었다.

요하네 리치는 한 원령을 주목했다. 바로 지옥의 군주였던 오몬이었다.

오몬은 미야모토에게 패한 후 영력을 잃고 영계를 떠다니고 있었다. 분노한 오몬에게는 끔찍한 원망과 저주가 가득했다.

요하네 리치는 오몬을 보고 사악하게 웃었다.

"저놈을 이용하면 되겠군. 흐흐흐."

요하네 리치는 저주의 주문을 외웠다.

"야훼 닛시. 아멘 할렐루야."

그러자 오몬의 얼굴이 구슬에 잡혔다. 죄악으로 일그러진 흉측한 얼굴이었다.

오몬이 절규했다.

"으아아, 네놈이 누군데 나를 부르느냐. 네깟놈이 나를 어떻게 구원하겠느냐!! 으아아!"

요하네 리치가 말했다.

"잠잠히 하고 너는 홍타이지의 몸 속에 들어가서 그를 죽여라."

오몬이 소리쳤다.

"싫다. 네놈의 명령을 내가 왜 들어야 하느냐. 나는 지옥의 군주였던 오몬이다!!"

요하네 리치가 말했다.

"미친 녀석. 힘을 다 뺏긴 망령이로군. 주문을 써서 홍타이지에게 집어넣어야겠다.

요하네 리치는 사악한 기도를 드렸다.

"아브라함과 이삭과 야곱의 야훼여 나의 기도를 들으소서. 오몬을 홍타이지에게 넣으소서."

그러자 한 검은 돌풍과 함께 오몬은 홍타이지의 영혼 속으로 들어갔다.

그 시각 홍타이지는 이상한 소리가 들렸으나 개의치 않았다.
비명 같기도 했고 사람 말소리 같기도 했는데, 상당히 듣기 싫고 불쾌했다.
홍타이지의 뇌리 속에는 자꾸 누가 명령하는 것 같이 느껴졌고 심히 불쾌했다.
오몬이 홍타이지의 영혼에 들어간 것이다.

홍타이지는 피곤하여서 군무를 돌볼 힘조차 잃어갔다. 하루하루가 지겹고 살고 싶지 않았고, 천박한 욕설만이 머리를 맴돌았다.

홍타이지는 본질적인 의문에 사로잡혀 버렸다.

"나는 누구인가? 나는 어디서 왔고 어디로 가는가?"

그렇지만 홍타이지는 아무리 생각해도 자신이 누군지 알 수 없었다.

왜 존재하는지, 왜 지구에 있는지 홍타이지가 배운 범위 밖의 일이었다.

홍타이지는 몸져누워 생각했다.

"선대께서 나를 낳으시고, 중원통일을 목표로 두셨다. 나 역시 중원정벌에 반평생을 쏟았다. 그러나 나는 누구인가? 왜 이 일을 해야 하고 나를 만드신 분은 누구인가?"

이런저런 생각 속에 홍타이지는 야위어 가고 피곤해 간다.

오몬은 홍타이지가 약해지길 기다렸고, 약해지자 계속 악한 생각과 사악한 언어들을 홍타이지의 영혼에 흐르게 한다.
홍타이지는 미칠 것같이 괴로웠고 자살하고 싶었다. 마치 지옥에서의 미야모토처럼….
홍타이지는 악몽 속에서 기도를 하려 했다. 하지만 한 마디도 나오지 않았다.

악마의 괴롭힘은 집요했고 보이지 않는 어두운 손이 홍타이지의 영혼을 뒤덮고 있었다.
홍타이지는 견딜 수 없어 의원을 불렀다.
의원들은 홍타이지의 맥을 짚어보고 각자의 소견을 냈다.
한 의원이 말했다.

"이것은 뇌에 기가 잘 통하지 않아 흐르는 현상이

옵니다."

다른 의원은 말했다.

"저 역시 뇌의 이상이라고 보입니다."

의원들은 약을 처방했으나 홍타이지의 본질적 마음의 병을 치료할 수 없었다.
사실 인간의 마음은 깊고 넓은데 약 따위가 어찌 인간의 마음의 병을 치료하고 고민을 해결하랴….
홍타이지는 계속해서 요하네 리치라는 외국인 생각이 났다.
홍타이지는 하늘에 대해 깊이 사색한 적 없었다. 누르하치의 아들로 태어나 군사의 일과 정치만을 했던 그는 철학에 문외한이었다.
홍타이지는 병상에서 신하들에게 말한다.

"저번에 왔던 요하네 리치를 들게 하라."

요하네 리치는 홍타이지가 죽으면 이자성에게 돌아가서 막대한 부를 받으려 했다. 그런데 홍타이지가 자신을 부르자, 얼마나 죽었는지 알아보기 위해 그에게 다가갔다.

홍타이지가 말했다.

"진작에 내가 들으니, 예수는 야훼의 아들이고 그를 믿는 이는 모두 구원을 받을 것이다 하지 않았소?"

요하네 리치가 간사하게 웃으며 말했다.

"그렇습니다. 아들의 명령이니 반드시 참으로 이뤄지는 명령입니다. 황제여 어서 예수를 믿으십시오. 그러면 병도 낫고 중원도 황제께 굴복할 것입니다. 흐흐."

홍타이지가 말했다.

"내가 배운 것은 많지 않으나, 옳고 그름은 분간할 수 있다오. 예수란 인간을 믿으면 죄가 사해지고 병이 나으며, 천국에 갈 수 있다는데 그런 손쉬운 길은 거짓이라 생각하오. 외국인이여 그대의 뜻은 잘 알았소이다."

요하네 리치가 나가고 홍타이지는 하늘께 기도를 하고 싶었다.
그렇지만 악마 오몬은 계속해서 기도를 훼방했고 홍타이지는 절망의 나락으로 떨어진다.
강력한 패닉 상태가 홍타이지를 지배했고, 홍타이지는 기도를 하려 했으나 한 마디도 할 수 없었다.
'죽음'
평소에는 의식하지 않지만 반드시 다가오는 인간의 강력한 분기점이다.
홍타이지 역시도 죽음이라는 문제에 직면했고 죽음 앞에서 삶의 의미와 인간의 근원에 대한 의문이 일어났다.
홍타이지는 하늘 앞에 기도하려 했으나 여전히 아

무 말도 할 수 없었다. 어린애같이 자신의 병만 고쳐 달라는 마음과 기도함에도 고쳐지지 않는 병 앞에서 홍타이지는 어떻게 할 수 없었던 것일 것이다. 그저 견디는 수밖에는…….

병상에 누워 죽음만을 보는 홍타이지 앞에 한 선풍도골의 청년이 찾아온다.
바로 국상 주몽.
홍타이지는 주몽을 보자, 안타까움과 서러움에 눈물이 울컥 솟구쳤다. 그렇지만 황제는 남 앞에서 울 수 없었다.
비통한 마음을 감추고 홍타이지는 주몽에게 말했다.

"본 황제는 얼마 남지 않은 것 같소. 만약 내가 죽으면 국상께서 팔기군을 지휘하시오. 그리고 중원을 정복하여, 과거 우리 말갈과 고구려의 한을 갚아주시오."

주몽이 말했다.

"제가 천기를 보니 황제의 별은 희미해졌으나 완전히 떨어지지 않았나이다. 황제께서는 곧 일어서서 중원을 정벌할 것이옵니다. 죽음의 문제는 잠시 잊으시고 군무와 정치에 몰두하십시오. 황제께서는 꼭 일어나실 겁니다. 제 말을 믿으십시오."

홍타이지가 고개를 끄떡였다.

"주몽 그대는 왜 이 세상에 있소이까?"

주몽이 빙그레 웃으며 말했다.

"저희 누구도 저희가 왜 이곳에 있는지 알기 어려운 상태입니다. 그렇지만 황제도 그리고 저 주몽 역시도 하늘께서 만드셨고 이 지구에 오게 되었습니다. 왜 존재하냐는 말에 한 단어로 대답할 만큼 조악하진 않겠지요. 저는 저의 영혼의 목적이 있고 그 목적을 향해 가고 있습니다. 또한 한편으로 저를 내신 하늘을 예배하고 찾고 있지요. 그분을 찾는 것이 인간의 영광이요. 그분을 뵙는 것이 꿈의 극한 아니겠습니까?"

홍타이지가 말했다.

"알겠소이다. 나 역시 언젠가 죽어야 될 몸이라면, 지구에 영원할 수 없다면, 선대의 한을 꼭 풀고 떠나겠소이다. 한족에게 짓밟혀서 조공을 바치고 사분오열된 우리 여진족의 한을 푸는 것이 내 영혼의 목적이오."

주몽은 길게 읍을 했다. 그리고 물러섰다.

홍타이지는 계속해서 예수의 일에 몰두했다.
예수를 믿기만 하면 모든 죄가 사해지고, 천국이 주어진다는 것. 감언이설 달콤한 말 같지만 사실은 사람들을 속이는 사기가 아닐까?
거저 얻어지는 것은 그만큼 값어치가 없는지도 모

른다.

한편 미야모토는 군막에서 검도에 몰두하고 있었다.
미야모토는 황제의 거전에서 나오는 요하네 리치를 보았다. 미야모토는 본능적으로 요하네 리치의 사악함을 직시했다.
미야모토가 옆의 히무라에게 말했다.

"히무라, 저 외국인은 위험하다. 악마의 혼이 깃들어 있다."

히무라가 말했다.

"그래도 황제가 부르는 선교사를 함부로 벨 수 없는 노릇 아닌가?"

미야모토가 말했다.

"히무라, 한 번 암살을 해주게. 저 외국인을 살려둬서는 안 된다."

히무라가 말했다.

"알았다. 미야모토…."

그날 저녁 히무라는 요하네 리치의 막사로 갔다.
요하네 리치는 유대인의 책을 암송하고 있었다.
히무라는 검을 뽑아 순식간에 요하네 리치를 베려고 했다.
그때 히무라는 엄청난 공포를 느꼈다. 한 영혼이 히무라를 막은 것이다.
히무라가 말했다.

"누구냐?"

그러자 그 영혼은 말했다.

"만군의 야훼의 이름으로 네놈을 멸하겠다."

엄청난 압박이 히무라에게 쏟아졌고, 히무라는 쓰러져 버린다.
요하네 리치는 사악한 얼굴로 쓰러진 히무라를 보았다. 요하네 리치는 식칼을 들고 히무라의 목을 찌르려 했다.
그때, 한 성스러운 영혼이 또한 나타났다.
바로 불가의 관세음보살.
관세음보살이 손을 들자 요하네 리치는 칼을 휘두를 수 없었다.
관세음보살이 고운 목소리로 말했다.

"만군의 야훼여 물러나시오. 저는 이 무사를 지켜야 합니다."

그러자 여호와의 영혼은 괴성을 지르더니 사라졌다.
히무라는 정신이 들자 다시 검을 들었다.

요하네 리치가 말했다.

"이런 개자식. 어서 나를 베어라."

히무라는 검을 들어 요하네 리치를 베려 했다.
그때 관세음보살이 말했다.

"히무라, 저 서양인을 살려두시지요. 아직 황제가 결정할 일이 남아 있습니다. 그 일을 위해 저 선교사는 살아있어야 합니다."

히무라도 관세음보살이 그런 말을 하자, 검을 거두고 물러났다.

한편 홍타이지는 계속해서 기도와 상념을 계속했다.
그에게는 끊이지 않은 의문이 맴돌았다.

"왜 인간은 죄인이고, 예수를 믿지 않으면 지옥에

떨어지는가? 예수는 누구인가…….”

 한편 홍타이지의 영혼에 붙어있는 오몬은 계속해서 유대경의 망령을 홍타이지에게 불어넣었다. 홍타이지의 총명은 흐릿해졌고, 괴로움과 공포만 가득했다.

 홍타이지는 목욕을 하고 하늘 앞에 엎드렸다. 그리고 기도를 드린다.

 "저를 이 땅에 내신 위대한 하늘이시여,

 소인은 악의 괴로움과 난제를 풀지 못하여 괴로움에 직면하였나이다.

 기도를 해도 난제는 풀리지 않고, 소인은 생에 대한 환멸에 이르렀나이다.

 정신의 괴로움은 극에 달했고, 이생이 허탄하여 하늘에 호소합니다.

악마는 제 영혼 안에 들어와, 저를 괴롭게 하고, 사라지지 않습니다.

하늘이시여, 기도를 해도 당신께서 듣지 않으신다면, 이 목숨을 끊어서

세상을 하직하고자 합니다."

기도를 마치기를 기다린 오몬은 또 다시 광란의 발작을 홍타이지에게 불어넣었다.
기도를 채 끝마치자마자 악마가 활동하자 홍타이지는 모든 용기를 잃어버렸다.
홍타이지는, 예수를 믿으려 했다.

그때 한 고운 음성이 홍타이지에게 들렸다.

"황제여, 끝까지 정의를 지키십시오. 손쉬운 구원만큼 인간을 현혹시키는 것은 없습니다.

하늘께서는 당신의 고난을 알고 계십니다.

황제여, 그대는 저주받은 피조물도, 죄인도 아닙니다.

하늘께서 내신 존엄한 인간입니다. 그러니, 용기를 가지세요."

마치 천사의 음성과 같았다. 관세음보살이 홍타이지에게 용기를 불어넣어 준 것이다.
홍타이지는 비장한 눈으로 일어나 관리들을 모은다. 그리고 요하네 리치를 부른다.
요하네 리치는 사악한 얼굴로 홍타이지 앞에 왔다. 요하네 리치가 말했다.

"헤헤, 황제여 왜 부르셨습니까?"

홍타이지가 말했다.

"전 관원 앞에서 명한다. 저 사악한 유대인의 책을 불태우고, 십자가를 칼로 베라. 그리고 저 사악한 선교사를 처형하라."

요하네 리치가 소리쳤다.

"안 돼!! 내 부귀영화는 뺏길 수 없다."

그때 한 중후한 음성이 들렸다.

"끝났다."

미야모토였다. 미야모토가 칼을 뽑자 요하네 리치의 목은 떨어졌다.

한편 영혼계에서 오몬은 홍타이지를 또 괴롭히려고 하고 있었다.
그때 악마 오몬의 눈에 한 검은 복장을 한 사람이 보였다. 오몬은 그 이름을 알고 있었다. 사람들이 염

마라 부르는 YAMA(염라대왕)였다.

오몬이 소리쳤다.

"안 돼!!!"

그 검은 옷을 입은 남자는 오몬을 지옥에 넣었다.
엄청난 불꽃과 함께 오몬의 영혼은 지옥에 떨어졌다. 사필귀정 인과응보였다.

한편 거금을 주고 보냈던 요하네 리치가 돌아오지 않자 이자성은 좌불안석의 나날을 보냈다.
그러던 도중 청군이 산해관을 넘어 북경으로 향하고 있다는 소식을 듣는다.
이자성은 정신이 번쩍 들었다. 그는 황제복을 벗은 채로 상복으로 갈아입는다.
그리고 자금성 높은 곳에 올라간다.

무신 나타

고두삼배를 한 이자성은 기도를 시작한다.

"지나를 지켜온 무신들이여 듣거라. 본래 중원은 한족의 것이거늘 황제께서 위협하는 오랑캐들을 내쫓으시어 그 위엄을 사해에 떨쳤도다.

그러나 오랑캐들이 지난날의 수모를 갚는다며, 우리의 땅, 한족의 땅을 빼앗으려 하니 무신들에게 고하노라.

부디 천계에서 내려와 지나를 위협하는 오랑캐를

멸절하라."

이자성이 기도를 끝마치자 두 무리의 군대가 나타났다.
이자성은 금빛 투구를 쓴 신장을 보았다. 뒤에는 '무신 나타'라는 글귀가 보였다.
나타는 부드럽게 말했다.

"저는 나타라고 합니다. 황제의 하소연을 들었습니다. 황제는 마음을 놓으십시오. 저희들이 청군을 베고 지나를 지키겠습니다."

이자성은 안도의 한숨을 내쉬었다.

한편 미야모토는 검신의 검을 쥐고 기도하고 있었다.

"하늘이시여, 병법은 그 끝이 없고 무궁무진하옵니다. 오몬을 만난 뒤로 아직까지 적수를 만나지 못했습니다.

　하늘이여 부디 이 낮은 무부에게 더 넓은 세상을 보여주옵소서."

　며칠 후 한 나무꾼이 청 군영을 지나고 있었다.
　나무꾼은 나무를 팔려고 거래하던 청군 간부에게 가서 돈을 달라고 했다. 청군 간부는 웃고 있는 표정이었는데, 아무 말도 없었다.
　나무꾼이 말했다.

"아니, 나으리 웃고만 계시면 어떡합니까?"

　나무꾼이 살짝 손을 대자 청군 간부가 풀썩 쓰러졌다. 죽어 있었던 것이다.
　나무꾼은 혼비백산해서 나무를 던지고 도망쳤다.
　나무꾼이 보니, 청 군영 전체에 죽음이 깃들어 있었다. 한 군영 전체의 군인들이 모두 죽은 것이다.

미야모토는 다른 군영에 앉아있었다. 그때 미세한 지진을 느꼈다.

미야모토는 생각했다.

"미약한 지진이라…. 좋은 징조는 아니다."

그때 한 카랑카랑한 목소리가 들렸다.

"청군에 나와 견줘볼 이가 없는 것이냐."

미야모토는 검신의 검을 쥐고 밖으로 나갔다.
한 신장이 서 있었는데 붉은 비단을 몸에 두르고 화첨쟁을 쥐고 있었다.
주변에서는 불꽃이 오로라처럼 불타고 있었다.
그 신장은 말했다.

"나는 천계에서 내려온 무신 나타라고 한다. 내 창에서 3합을 버티면 살려주겠다."

미야모토가 옆을 보니 히무라가 검을 뽑고 나타에게 뛰어들고 있었다.

나타는 몸에 두른 비단 즉 혼천릉을 흔들었다. 엄청난 바람이 히무라에게 쏟아졌다.

히무라는 정신을 집중하여 칼끝에 혼을 담았다.

"천황의 검."

히무라의 검은 바람을 제치며 나타를 베었다. 손에 무언가를 벤 느낌이 났다.

그러나 나타가 두른 혼천릉 끝자락이었다.

히무라는 정신을 집중하여 나타를 찾았다. 나타는 보이지 않았다.

히무라의 목에 차가운 금속이 느껴졌다. 나타의 화첨쟁이었다.

히무라는 검을 떨어트렸다.

"졌소. 어서 베시오."

나타는 빙긋 웃더니, 다시 소리쳤다.

"청군 전체에서 내 창을 3번 받아볼 사람이 없느냐!"

나타는 화첨쟁을 들고 청군을 누볐다.
청군은 죽음이라는 단어를 연상해내는 시간보다 빨리, 죽음을 맞이했다.
무신의 속도였다. 천하무적이라 불릴만한 나타였다.
미야모토는 신들을 공경했다. 그래서 나타와 싸우고 싶지 않았다. 그러나 이 상태로라면 청군이 전멸하는 것은 시간문제였다.
미야모토는 검신의 검을 들고 나타를 막는다.
나타는 물었다.

"너는 누구냐?"

미야모토가 대답했다.

"일본에서 온 미야모토라고 하오. 한 수 가르침을 받겠소."

미야모토는 검신의 검으로 나타와 대적했다.
화첨쟁은 빛살처럼 빠르게 미야모토를 공격했고 미야모토는 주로 수비를 했다.
미야모토는 신풍을 시전했다. 한 차가운 바람이 나타에게 불었다.
나타는 혼천릉을 손에 쥐고 흔들었다. 그러자 강맹한 바람이 신풍을 밀어냈다.
미야모토는 수세에 몰렸다.
미야모토는 점점 패색이 짙어지고 있었다. 나타는 화첨쟁으로 미야모토의 목을 꿰뚫으려 했다.
미야모토는 나타의 화첨쟁이 자신에게 빛살처럼 날아드는 것을 보면서도 손쓸 수가 없었다.
미야모토는 생각했다.

"끝인가…. 내가 패한 것인가…."

그때 검은 옷의 남자가 나타났다.

미야모토는 반혼수 상태에서 검은 옷의 남자를 본다.

"내가 죽은 것인가, 산 것인가? 그대는 누구십니까?"

검은 옷을 입은 남자는 말했다.

"미야모토, 자네는 내 신전에 계속 있지 않았었는가? 내 검을 사용하고."

미야모토가 말했다.

"일본의 검신…?"

그 검은 옷을 입은 남자가 말했다.

"그렇다. 사람들은 나보고 고대 일본의 검신이라 하더군."

그리고 검신은 계속 말을 이었다.

"너의 실력으로 나타의 적수가 될 수 없다. 나타는 무를 위해 태어난 연꽃의 화신이다."

미야모토는 굴하지 않고 말했다.

"저를 여기서 내보내 주십시오. 죽더라도 결투해봐야겠습니다."

검신이 말했다.

"나는 지금 지구의 시공간을 왜곡해서 너를 보호하고 있다. 나타는 지금 너의 환영과 지구에서 겨루고 있다.

미야모토 눈을 감아라.

내가 검의 정수를 가르쳐주겠다."

미야모토는 눈을 감았다. 그러자 우주에 있는 삼라만상의 도가 펼쳐졌다.

평생 검과 함께 살아온 미야모토는 검의 도를 발견해낼 수 있었다.

미야모토의 뇌리에는 섬광이 비추었다. 미야모토의 모습은 장엄하고 성스럽기까지 했다.

검신이 말했다.

"나는 이만 물러가겠다. 무운을 빈다."

미야모토가 눈을 떠보니 나타가 다시 보였다.

나타는 빠르게 화첨쟁을 뻗었다. 그러나 나타는 이전과 무엇이 다르다는 것을 느꼈다.

마치 미야모토는 하늘같이 넓게 펼쳐져 있었다.

미야모토는 주문을 외웠다.

"견고한 대지여,

성스러운 화염이여,

순수한 물이여,

자유로운 바람이여,
그리고 무한한 하늘이여."

오륜이 시전되고 나타는 온 힘을 다해 맞섰지만, 당해낼 수 없다는 것을 느꼈다.
나타는 자신이 매우 작게 느껴졌다.
천외천(天外天).
성스러운 무(武) 앞에 무신 역시도 하나의 피조물에 지나지 않는다는 것을 깨달았다.
그때 부드러운 음성이 나타에게 들렸다.

"나타, 이제 그만 물러서시지요."

나타는 관세음보살임을 알았다.
나타가 말했다.

"하늘이 제게 천성을 부여해서 전쟁이라면 참전하지요. 그러나 저러나 이번에 제가 패했네요."

관세음보살이 말했다.

"이 전쟁의 대세가 기울었나 봐요."

나타는 호탕하게 웃으며 말했다.

"미야모토 내가 졌다. 너는 내가 만난 누구보다도 강했다. 무운을 빈다."

미야모토는 포권했다.

"감사하오."

회오리바람과 함께 나타는 구름 속으로 사라졌다.

한편 이자성의 기도를 들은 다른 무신 이랑진군은 홍타이지의 막사로 혼자 찾아갔다.
이랑진군은 황제의 막사 앞에 한 하얀 무사가 서있는 것을 보았다.

이랑진군이 말했다.

"너는 누구인가?"

그 무사가 말했다.

"나는 고구려의 주몽이다."

이랑진군은 씽긋 웃고는 삼천양인도를 꺼내 들었다.

"너는 내 칼을 받아볼 수 있는가?"

주몽이 말했다.

"얼마든지."

양전은 회오리바람처럼 주몽을 덮쳐갔다. 주몽은 검을 뽑아서 이랑진군과 맞섰다.
 양측은 호각이었다. 마치 용과 호랑이가 붙듯 용호

상박이라는 말이 그대로 들어맞는 듯했다.

이랑진군은 머리에 두른 금테를 뺀 후 주몽에게 던졌다.

금테가 빠르게 주몽에게 날아들었다. 주몽은 순식간에 활을 뽑아 금테를 쏘았다.

챙 하는 소리와 함께 금테가 주몽을 아슬아슬하게 빗겨나갔다. 금테에 맞으면 즉사할 운명이었다.

이랑진군은 주문을 외웠다. 그러자 금테가 순식간에 12개로 늘어났다. 그리고 폭풍처럼 주몽에게 짓쳐 들어갔다.

주몽은 순식간에 활을 계속 쏘아서 금테를 맞췄다.

이랑진군은 주문을 외우고 금테는 점점 늘어갔고 주몽의 화살도 빨라졌다. 장관이었다. 주몽의 활을 쏘는 속도는 신궁에 가까웠다.

그렇게 무수한 공수가 오갈 때, 한 금테가 주몽의 어깨를 쳤다. 주몽은 자세가 무너지며 쓰러질 것 같았다. 엄청난 충격이 몸 전체에 전해져 왔다.

주몽은 기도했다.

"하느님,

저를 선택하셨다면, 이 화살이 이랑진군에게 맞게 하소서.

저를 버리셨다면, 이곳에서 저를 화장해 주시옵소서."

주몽은 진기를 끌어모아 온 힘을 다해 화살을 이랑진군에게 날렸다.

그 화살은 빠르게 이랑진군의 투구를 꿰뚫었고 투구는 멀리 날아가 버린다.

이랑진군은 얼얼했다. 목에 꽂혔으면 신도 죽음을 면치 못할 화살이었다.

이랑진군은 빙긋 웃고는 말했다.

"고구려의 주몽. 내가 졌다. 그대는 훌륭했다. 나는 물러간다."

주몽 역시도 빙그레 웃었다.

마침 태양이 뜨고 아침이 밝아오고 있었다.

소현세자

청 군영에 한 귀티나게 생긴 남자가 걷고 있었다. 바로 조선에서 볼모로 잡혀온 소현세자였다.

소현세자의 마음은 복잡했다. 나라가 청나라에 굴복하고, 자신은 볼모로 잡혀온 몸이었기에…….

소현세자는 어서 탈출할 궁리만을 했다. 하지만 청 군영은 삼엄했고 소현세자는 나갈 수 없었다.

그런 소현세자에게 한 무사가 다가온다.

주몽이었다.

"생각이 많으신 모양입니다."

주몽이 먼저 말을 꺼냈다. 소현세자가 말했다.

"네. 복잡하지요. 나라는 굴복하고 저는 멀리 이국 땅에 왔으니 고향에 가족 생각뿐입니다."

주몽이 말했다.

"언젠가 돌아가게 되겠지요. 그때까지 참고 견디십시오."

소현세자는 한숨을 쉬었다. 그리고는 날카로운 눈빛으로 생각했다.

'나 역시 여기 갇혀 있을 수 없다. 홍타이지를 암살하고 조선의 원수를 갚겠다.'

소현세자는 자신의 방에 들어왔다. 한 강골의 사내가 방에 있었다.
바로 조선인 염장이었다.

소현세자가 말했다.

"계획은 실행할 수 있는가?"

염장이 칼 하나를 꺼냈다. 용봉활도였다.
염장이 말했다.

"이 단검으로 황제를 찌를 것입니다. 저한테 맡겨만 주십시오."

소현세자는 흡족하게 미소를 지었다.

한편 홍타이지는 군막을 돌다가, 한 스님을 보게 된다. 스님은 구슬픈 노래를 부르고 있었다.
홍타이지는 의아해서 그 스님을 부른다.

"스님은 어찌하여 슬픈 노래를 부르고 있소?"

그러자 그 스님이 말했다.

"전쟁이 나고 많은 인명이 살상되어서 애가를 지어서 부르고 있었습니다."

홍타이지는 말했다.

"그럼 수고하시오."

그때 그 스님이 말했다.

"본초에게, 한 가지 신물이 있습니다. 황제께 바치려 하니, 부디 받아주시옵소서."

홍타이지는 한 시동을 시켜서 신물을 받으려 했다.

그때 그 스님이 말했다.

"아쉽게도 이 신물은 황제가 아니면 만질 수 없사옵니다. 부디 친히 받아주시옵소서."

홍타이지는 번거로웠지만, 스님 곁으로 다가간다.

그러나 그 스님은 소현세자의 명령을 듣고 변장한 염장이었다. 염장은 품에서 용봉황도를 꺼내서 황제에게 달려든다.

"으아아아."

그때 챙 하는 소리와 함께 염장의 칼은 빗겨갔다. 주몽이 활을 쏘아서 염장의 칼을 맞춘 것이다.

홍타이지는 대노해서 말했다.

"어서 이 중놈을 죽여라."

청의 무사들이, 염장을 포위하고 난도질을 했다.

염장은 쓰러져서 말했다.

"네 이 개 같은 청나라 놈들아. 네놈들이 우리나라에 와서 국토를 짓밟고, 왕을 굴욕시켰으니, 내가 조선의 한을 풀어 온 것이다. 나는 조선의 염장이다!!"

염장은 뜬 눈으로 죽었다.

홍타이지는 대노해서 소현세자를 소환한다. 소현세자는 벌벌 떨며 홍타이지 앞에 섰다.

홍타이지가 말했다.

"이번 일과 너는 관련이 없는가?"

소현세자가 말했다.

"소인은 모르는 일이옵니다."

소현세자는 끝까지 잡아떼고 돌아갔다.

소현세자는 그날 저녁 독약으로 자결을 하려 한다. 그때 한 검은 옷을 입은 무사가 나타난다.

"멈추시오."

소현세자는 독약을 삼키려다 말고 묻는다.

"누구시오?"

그 검은 옷을 입은 사람은 말했다.

"나는 일본은 미야모토 무사시오. 지금 조선에 양갈제 선생의 부탁을 듣고 세자를 구원하러 왔소이다. 일전에 조선에 있을 때, 양갈제 선생에게, 은혜를 입은 적이 있소. 내가 청 군영을 벗어나게 해주겠소."

소현세자는 지옥에서 한 줄기 빛을 보는 것 같았다.

미야모토는 소현세자를 안고 청 군영을 벗어난다. 삼엄한 경비가 있었지만 미야모토의 신술을 그들의 경계를 벗어난다.
청 군영에서 멀리 떨어지자 미야모토는 말했다.

"세자, 그대는 자유의 몸이오. 어서 떠나시오."

소현세자는 흐느껴 울며, 조선으로 홀로 걸어갔다.

이제 이자성과 홍타이지의 최후의 결전만이 남아있었다. 양측의 대군은 곧 맞붙을 최후의 전쟁을 기다린다.
홍타이지는 군대를 몰고 북경으로 향했다.

홍타이지는 한 신비로운 산을 발견했다. 상서로운 기운이 도는 산이었다. 홍타이지는 주몽과 미야모토를 대동하고 그 산으로 올라간다.
한 백의를 입은 남자가 홍타이지 앞에 섰다.

"황제여, 안녕하셨습니까?"

홍타이지가 말했다.

"그대는 누구시오?"

백의를 입은 남자가 말했다.

"저는 조선의 풍백이라고 하옵니다. 여기서 황제를 기다린 지 오래입니다. 부디 저를 따라오시지요. 황제께 선물을 드리고자 합니다."

홍타이지는 백의를 입은 남자를 따라갔다.
깊은 산속을 지나, 한 남자가 앉아있는 것이 보였다. 백의를 입은 남자가 말했다.

"이분은 조선의 환웅천왕이십니다."

홍타이지는 조선의 국조라는 것을 알고 엎드려서 절을 했다.
환웅천왕이 말했다.

"일어나시오. 이번 전쟁을 하신다고 들었소이다. 부디 승전하시기를 바라겠소. 내 그대에게 줄 선물이 있소이다."

환웅천왕은 한 부채를 주었다.

"이 부채는 조선의 신물로 이자성의 술법을 파하는 데 도움이 될 것이오. 꼭 가져가시오."

홍타이지는 길게 읍을 하고 말했다.

"조선의 국조께서 저를 도우시니 감개가 무량합니다. 나라를 건국하면 반드시 선정을 베풀어서 민중들을 돌보겠나이다."

환웅천왕은 흡족히 웃었다.

새로운 제국

 한편 이자성은 북경에 청군이 짓쳐 들자 황제복을 던지고 도복으로 갈아입는다.
 그리고 자신의 농민군을 끌어모은다.

 넓은 벌판에 홍타이지의 청군과 이자성의 군대가 만났다.
 이자성은 모든 술수를 썼지만 통하지 않았고 결국 청군과 직면하게 된 것이다.
 이자성은 소리쳤다.

 "우리는 중화민족이다!! 감히 오랑캐가 우리 중원을

넘보다니 용서할 수 없다. 모든 오랑캐를 쓸어버리고 중화민족의 자존심을 지키자!"

이자성의 군대는 함성을 질렀다. 곧 최후의 전투가 시작되었다.
이자성은 주문을 외웠다.

"거문성군 천절하폭뇌."

그러자 수천만의 귀신들이 나타나서 청군에게 달라붙었다.
하늘도 어두워졌고 비가 주룩주룩 쏟아졌다.
이자성은 또 주문을 외웠다.

"도가의 12지신을 소환한다."

그러자 동물 형상을 한 도가의 12지신이 나타났다. 그들은 말했다.

"황제의 명을 듣겠나이다."

이자성이 말했다.

"너희는 전장을 돌며 뛰어난 무사들을 죽여라."

"알겠습니다."

이자성의 군대와 청군은 뒤엉켰다. 순식간에 수많은 사상자가 발생했다.

이자성의 주문에 힘입은 이자성의 군대가 우위였다.

한편 미야모토는 검을 들어서 이자성의 군대를 베고 있었다.

도가의 12지신은 청군에서 가장 강력한 미야모토를 발견해낸다. 그리고 귀신처럼 미야모토를 포위했다.

미야모토는 검신의 검을 쥐고 도가의 12지신과 격돌한다. 경천동지의 전쟁이었다.

양측은 치열하게 한 치도 물러서지 않았다.

미야모토는 검신의 검으로 도가의 12지신과 겨뤘다. 도가의 12지신은 한 명 한 명이 나타에 버금가는 고수였다. 더군다나 12명의 합공은 공수가 완벽해서 미야모토도 수세에 몰렸다.

미야모토는 검신의 검을 혼신의 힘을 다해서 휘둘렀지만, 열세에 면치 못했다.

히무라와 주몽이 보다못해 미야모토를 거들었다. 그렇지만 도가의 12지신의 합공은 완벽에 가까웠다.

미야모토, 주몽, 히무라는 포위된 채 죽음만을 기다려야 했다.

아무리 공격을 해도 벗어날 수 없자, 주몽이 빙긋 웃으며 말했다.

"미야모토, 히무라, 제가 궁술을 배울 때 한 가지 금기의 무술을 익혔습니다. 이 무술을 쓰면 저는 더 이상 이 세상 사람이 아닙니다. 미야모토, 히무라, 그동안 즐거웠습니다. 전쟁의 승리를 위해서 저 12지신을 꼭 쓰러트려야 합니다. 저는 목숨을 버리겠습니다."

주몽은 12개의 화살을 뽑아서 자신의 심장을 찌른다. 피가 솟구치고 화살에 피가 묻었다.

주몽이 소리친다.

"애애고자심 천지기인기."

그리고 핏빛 12개의 화살은 정확히 12지신에게 날아갔다.

12지신의 목에 주몽의 화살이 정확히 꽂히고 12지신은 울부짖으며 쓰러진다.

주몽이 빙긋 웃으며 말했다.

"미야모토, 히무라 황제를 잘 보필해 주십시오. 그리고 꼭 선정을 베풀어서 민중들을 위한 정치를 해달라고 해주십시오. 저 주몽은 승전을 보지 못하고 떠나, 꼭 좋은 세상을 만들어 주십시오. 약해도 짓밟히지 않고, 가난해도 행복하며, 더불어 살아가는 조선의 상부상조의 정신을 꼭 실천해 달라고 황제께 전해주십시오."

미야모토와 히무라는 눈물을 흘렸다.

주몽은 마지막으로 기도한다.

"하늘이시여,

저 주몽은 혼신의 힘을 다해 전쟁을 수행했습니다.

전쟁은 이기는 자가 있고 지는 자가 있습니다.

저희 나라는 패했었고, 역사에서 지워졌나이다.

그렇지만 저는 눈을 감지 못한 채 인간계에 다시 환생해서 이 전쟁을 이끌었습니다.

강력한 적을 만났고, 저의 모든 기량을 발휘해서 좋았습니다.

하느님, 이 부족한 영혼을 받아주소서. 제가 어디로 가는지는 모르오나, 하늘을 경외하며 예배합니다. 저의 죽음을 받아주소서."

주몽은 그리고 눈을 감는다.

한편 이자성의 술법으로 수천만의 귀신들이 청군에게 붙어있었다. 청군은 오한에 떨며 패해만 갔다.
홍타이지는 환웅천왕에게 받은 부채를 흔들었다. 그러자 신기하게 햇빛이 비치며 귀신들이 소멸되었다.
이자성은 자신의 술법이 파해지자, 부르짖었다.

"내 영혼마저 버린다. 만마천독수!!"

그러자 또 다시 하늘이 어둑해졌다. 홍타이지는 가볍게 웃으며 부채를 흔들었다.
그러자 눈 부신 태양이 비추고 이자성의 귀신들은 모두 소멸되었다.
이자성은 생각했다.

'끝인가….'

한 청군이 쏜 조총 한 발이 이자성의 어깨에 박혔다.
이자성은 정신없이 도망치다가 절벽에 떨어졌다.
그때 한 도사가 이자성을 안고 어디론가 사라져 버린다.

한 정자 안. 한 남자가 누워있었다.
죽어가는 이자성이었다.
이자성은 눈을 들어 노인을 보았다. 예전에 이자성에게 도술을 가르쳐 주었던 거문성군이었다.

"사부…."

이자성이 말했다. 거문성군은 빙긋 웃으며 말했다.

"아가야 고생 많았다. 우리는 이 땅에 태어나 우리만의 인생을 그리지. 너처럼 정의를 찾고 반란을 일으

키고, 사랑을 하고, 그러나 원대한 하늘 속에 우린 모두 작은 피조물들이란다.

아가야 수고 많았다. 마지막으로 할 말은 없는가?"

이자성은 피를 흘리며 말했다.

"억울한 일을 당해, 하소연할 곳이 막혔고, 저는 정의를 찾아 헤맸습니다. 힘이 없는 원통함 속에서 하늘께 기도했고, 기연을 얻었습니다. 하지만 저는 완벽하지 못했고, 죄를 저질렀습니다. 만일 정의라는 것이 있다면 저는 정의를 입에 담을 자격이 없습니다.

그렇지만 아름다운 세상 속에서 많은 사람들과 화평하고 즐겁게 살려던 저의 꿈, 그리고 진정한 정의 그 이상만큼은 진실이었습니다."

이자성은 흡족히 웃으며 눈을 감았다.
그렇게 전쟁은 마무리되었다. 그리고 새로운 제국이 세워졌다.

주몽의 장례식이 열렸다.

"나라를 위해 혼신의 힘을 다해 싸운 무사 여기에 잠들다."

황제의 친필로 쓰였다.
주몽의 혼령은 아마 다른 세상에서 기뻐할 것이리라……
중국와 조선 그리고 고구려의 후예 여진족의 전쟁도 그렇게 막을 내렸다.

삶이 있고 죽음이 있다.
이 세상의 시간은 영원하지 않다. 그러나 각자만의 꿈을 그리고, 각자의 이상을 위해 살고, 목표를 위해 노력하는 것.
그것은 아름다운 일일 것이다.
그렇게 새로운 제국은 새로운 시대는 막을 열었다.

검신의 바람 2

초판 1쇄	2023년 6월 13일
지은이	이웅
발행인	김재홍
디자인	김혜린
마케팅	이연실
발행처	도서출판 지식공감
브랜드	비움과채움
등록번호	제2019-000164호
주소	서울특별시 영등포구 경인로82길 3-4 센터플러스 1117호 (문래동1가)
전화	02-3141-2700
팩스	02-322-3089
홈페이지	www.bookdaum.com
이메일	jsikwon@naver.com
가격	12,000원
ISBN	979-11-5622-802-8 03810

비움과채움은 도서출판지식공감의 임프린트 출판입니다.

ⓒ 이웅 2023, Printed in Korea.

- 이 책은 저작권법에 따라 보호받는 저작물이므로 무단전재와 무단복제를 금지하며, 이 책 내용의 전부 또는 일부를 이용하려면 반드시 저작권자와 도서출판지식공감의 서면 동의를 받아야 합니다.
- 파본이나 잘못된 책은 구입처에서 교환해 드립니다.